Birgit Gleffe

Einfach Basisch

Gesunde Ernährung – einfacher geht`s nicht

Die 21-Tage Entschlackungskur für Ihr Wohlbefinden.

Treffen Sie Ihre Wahl aus 70 leckeren Rezepten.

Der Säure-Basen Haushalt 8
Woher kommen die Säuren? 9
pH-Wert Messung 10
Die Aufgabe der Magensäure 11
Der Stoffwechsel 12
Neutralisierung der Säuren 13
Folgeschäden 14
Änderung in Sicht 15
Basische Ernährung im Alltag 15
Wie geht es nach der basischen Ernährung weiter? 18

Frühstück, oder Schnelles für Zwischendurch 22
Knuspermüsli 22
Himbeermark auf Chiapudding 23
Morgensonne 24
Beeren Müsli 25
Birne küsst Erdmandeln 26
Knackiges Müsli 27
Mangocreme 28
Muntermachermüsli 29
Warme Karotten 30
Kiba trifft Lupine 31
Grashüpfer 32
Bunter Obstteller 33
Erdbeere trifft ins Grüne 34
Buchweizen Müsli 35
Sauer macht lustig 36
Leckerer Fruchtaufstrich 37

Warmes für Topf und Pfanne 38
Kohlrabi Bratlinge 38
Bunter Kartoffelsalat 40
Bunte Gemüsepfanne 41
Bohnen - Kartoffelpfanne 42
Buntes Gemüse an Konjaknudeln 44
Paprika - Kartoffelgulasch 45

Grünkohl 46
Ofen Champignons 47
Zucchini - Kartoffel Auflauf 48
Weißkohlpfanne 49
Ofengemüse 50
Reispfanne 51
Champignon - Spinatpfanne 52
Scharfe Paprikapfanne 53
Nudeln und Tomatensoße 54
Wirsing - Kartoffelpfanne 55
Blumenkohlcurry 56
Lauwarmer Kartoffelsalat mit Pfifferlingen 56
Schnelle Porree - Zucchinipfanne 58
Selleriestampf mit Möhren 59
Champignons im Gemüsebeet 60
Babykartoffeln mit Mangold 62
Gebratener Fenchel 63
Gemüse im Mantel 64
Goldball Rübchen mit Peperoni 65

Köstliches für Suppenkasper 66
Kartoffelsuppe mit Gemüse 66
Grünkohleintopf 67
Paprikasuppe 68
Bohneneintopf 69
Mangold - Kokos Suppe 70
Möhrensuppe mit Jaipur Curry 71

Knackige Salate 72
Reissalat mit Gemüse 72
Knackig bunter Brokkoli Salat 73
Chinakohlsalat 73
Champignon Salat 76
Erfrischender Gurken-Radieschen Salat 77
Frühlingssalat 78
Himmlischer Selleriesalat 79

Blumenkohlsalat 80
Bunter Salat 81
Rote Beete Carpaccio 82
Kartoffel - Bataviasalat 83
Goji - Feldsalat 84
Rotkraut - Orangen Salat 85
Kichererbsen Salat 86
Avocado an Salat 87

Raffiniertes mit und ohne Dip 88
Rote Beete Dip 88
Gurkenschiffchen 89
Süßkartoffelsticks mit Dip 90
Gebratene Auberginenscheiben 92
Austernpilze mit Avocado Dip 93
Aubergine-Basilikum Dip 94
Avocado - Kresse Dip 95
Süßkartoffeltoast 95

Literaturnachweise 96
Rechtliche Hinweise 96

Die Frühstücksrezepte sind für eine Person und alle weiteren Rezepte für zwei Personen berechnet.

Einführung in die basische und basenüberschüssige Ernährung

Mit jedem Lebensmittel, das wir zu uns nehmen, beeinflussen wir unseren Körper. Wie wir denken, handeln, uns bewegen oder schlafen. Jede einzelne Körperzelle, jedes Hormon, Haare, Fingernägel, dies alles wird aus dem hergestellt oder repariert, was wir zu uns nehmen. Sind Stoffe nicht oder nicht in ausreichender Menge vorhanden, stellen sich Erkrankungen ein. Es ist auch nicht von Nutzen, einzelne Vitamine oder Mineralstoffe zu sich zu nehmen, da all diese Stoffe immer im Verbund arbeiten. Dies ist nur mit einer Ernährung aus frischem, knackigem Gemüse und Obst möglich. Es geht dabei um Ernährung, die einfach, ohne großen Zeitaufwand zubereitet werden kann und die ganz natürlich die Gesundheit bewahrt.

Der Säure-Basen Haushalt

Die basische Ernährung ist voller Vitamine, Mineralstoffe und Spurenelemente, die der Körper benötigt, um reibungslos arbeiten zu können. Gleichzeitig verschont diese Ernährung den Körper vor unnötigen, sauren Stoffwechselrückständen. Jedoch, sowohl Säuren als auch Basen sind lebensnotwendig, es kommt nur auf das richtige Verhältnis an. Atmung, Kreislauf, Verdauung, Ausscheidung, Immunsystem, Hormonhaushalt und viele andere Abläufe im Körper sind von einem Gleichgewicht des Säure-Basen-Haushaltes abhängig.

Der Körper hat eigene Mechanismen, um ein Säure-Basen-Gleichgewicht herzustellen. Bei der heutigen Ernährung wird jedoch schnell auf Fertiggerichte, süße Snacks und Ähnliches zugegriffen. Dadurch stellt sich schnell eine Mangelernährung ein. Es ist ein Mangel an Nährstoffen!

Ein gesunder Körper befindet sich im leicht basischen Bereich. Durch diesen Mangel an Nährstoffen verändert sich der Säure-Basen-Haushalt. Basische Mineralien, wie z.B.

Magnesium, Kalzium und Kalium, Natrium und Eisen werden aber dringend benötigt, um die Säuren, die im Stoffwechsel anfallen, zu neutralisieren. Der Körper hat in allen Bereichen bestimmte pH-Werte, die eingehalten werden müssen.

Dieser pH-Wert beeinflusst jede einzelne Zelle im Körper. Beispielsweise hat das Blut einen mittleren Wert von 7,4, also leicht basisch. Der Organismus unternimmt alles, damit dieser Wert erhalten bleibt. Bei geringen Abweichungen kommt es zu Störungen der Stoffwechselprozesse, die dann den Grundstein für Erkrankungen legen. Bei größeren Abweichungen kommt es im schlimmsten Fall zum Tode.

Aber auch in anderen Bereichen des Organismus müssen, für eine volle Funktionsfähigkeit, die Werte stimmen. Zur Zerlegung der Nahrung bedarf es im Magen der Magensäure, die einen pH-Wert von 1 - 2 hat - also stark sauer. Der basische Bauchspeichel wiederum hat eine Wert um 8, damit im Dünndarm die Nährstoffe aus der Nahrung aufgenommen werden können, was nur in einem stark basischen Milieu möglich ist.

Woher kommen die Säuren?

Säuren entstehen in jedem Körper, durch dessen eigene Energiearbeit. Aber auch zusätzliche Säuren entstehen als Abbauprodukte, z.B.:

Harnsäure	aus Fleischgenuss und Zellverfall
Kohlensäure	aus Bewegungsmangel und falschem Atmen
Milchsäure	aus körperlicher Anstrengung
Gerbsäure	aus Kaffeegenuss und schwarzem Tee
Nikotin	vom Rauchen
Schwefelsäure	aus Schweinefleisch
Acetylsalicylsäure	aus Schmerzmitteln

Essigsäure	aus Süßwarenkonsum und Fetten
Oxalsäure	aus z. B. Rhabarber, Spinat und Kakao
Salzsäure	aus Stress, Angst und Ärger
Salpetersäure	aus gepökeltem Fleisch und aus Käsesorten mit Kalium – Nitrat - Zusatz

pH-Wert Messung

Diesen pH-Wert kann man mit Teststreifen, aus der Apotheke, messen. Die pH-Wert Skala zeigt Werte im Bereich von 0-14. Das bedeutet, dass alle Werte, die unter 7 sind, als sauer gelten. Der Wert 7 gilt als neutral und aller Werte darüber basisch. Mit dieser Messung wird ermittelt, wieviel, oder wenig, Säuren den Körper verlassen. Es sagt nichts darüber aus, wieviel Pufferkapazität, an Basen, sich noch im Körper befindet.

Erklärung: Basen in wässriger Lösung sind Laugen. Basen rangieren auf der pH-Skala zwischen 7 und 14 und haben eine OH Gruppe. Wasser – $H2O$, besteht aus einem sauren H und einem basischen OH und ist neutral mit 7. Verbinden sich Säure und Base, so entstehen neutrale Salze.

Diese Werte sind von der Tageszeit abhängig. Genauso aber auch von den Lebensmitteln, die gegessen oder getrunken wurden. Stress, psychische Belastung, Medikamente, Entzündungen im Körper, geringe Trinkmenge, Sport und Erkrankungen beeinflussen ebenso den Wert.

Messen Sie einige Tage mehrmals, etwa alle 2-3 Stunden täglich, um einen Mittelwert zu bekommen. Morgens, nach einer Nacht ohne Nahrungsaufnahme, wird der tiefste Wert sein. Er sollte nicht unter 6,0 sein. Im weiteren Tagesverlauf sind die Werte Schwankungen unterlegen. Ideal sind Werte zwischen 7,0 und 7,5. Schwankungen sind normal und auch erwünscht. Sind diese Werte allerdings dauerhaft im sauren Bereich müssen sie ihre Ernährung oder sonstige Auslöser überdenken und ändern. Aber machen Sie sich nicht fertig mit ständigen Messungen. Sie brauchen nur einen kleinen Überblick. Zu beachten ist auch, dass es genetische Dispositionen gibt oder Erkrankungen der ausleitenden Organe (z.B. Nierenerkrankungen). Auch die Bauchspeicheldrüse kann betroffen sein, so dass Basen nicht weitergeleitet werden können. Ebenso mögliche Darmprobleme, diese beeinflussen den ganzen Körper, da Nährstoffe nicht oder nicht ausreichend resorbiert werden können.

Die Aufgabe der Magensäure

Die wichtigste Aufgabe der Magensäure besteht in der Krankheitsabwehr. Keime, Parasiten oder andere Mikroorganismen, die sich in der Nahrung befinden können, werden durch diese starke Säure im Magen abgetötet. Ist zu wenig Säure vorhanden können sich Krankheitserreger im Körper ansiedeln und Erkrankungen nach sich ziehen.

Eine weitere Aufgabe der Magensäure besteht in der Zerkleinerung der Nahrung. Durch Sinnesreize, wie Anschauen, Geruch oder Geschmack eines Nahrungsmittels, wird ein Hirnnerv (Nervus vagus) angesprochen. Dieser leitet einen Reiz an den Magen, zur Aktivierung der Säuren ein. Anfangs bildet sich nur wenig Magensäure, deren Menge sich aber, mit Eintreffen der Nahrung im Magen, erhöht.

Damit der Magen selbst von dieser starken Säure nicht angegriffen oder zerstört wird, stellen Nebenzellen Natriumhydrogencarbonat her. Wie ein zäher Schleim legt sich dieser auf die Mageninnenwand und schützt sie so.

Durch die im Magen gebildete Salzsäure (umgangssprachlich Magensäure), werden alle Nahrungsmittel in winzig kleine Teilchen zerlegt. Diese Arbeit erledigen Enzyme, die sich in der Säure befinden. Der Magen ist nun so etwas wie ein Aufenthaltsraum, in der sich die Nahrung zwischen 30 Minuten und 6 Stunden aufhält. Dabei wird die Nahrung durch ständige Muskelkontraktionen bewegt und gut durchmischt. Der niedrige pH-Wert (sauer) sorgt auch dafür, das in Bauchspeicheldrüse, Leber und Dünndarm weitere Verdauungsenzyme aktiviert werden. Dadurch werden wichtige Nahrungsbestandteile, Vitamine und Mineralstoffe, den Organen zugeführt, die diese für ihre Funktion benötigen.

Zuwenig Magensäure zieht weitreichende Probleme mit sich. Nährstoffe können nicht richtig im Körper aufgenommen werden. Da alle Vitamine und Mineralstoffe in Wechselbeziehungen stehen, das heißt, alle Stoffe sind voneinander abhängig, kann es zu schwerwiegenden Folgen für den Organismus kommen.

Durch richtige Nahrungsauswahl kann die Magensäureproduktion angekurbelt werden. Beispielsweise durch das Essen von Bitterstoffen, wie Rucola, Chicorée oder Löwenzahn.

Der Stoffwechsel

Jede Mahlzeit, die wir zu uns nehmen, wird vom Körper sorgsam in ihre Bestandteile zerlegt. Diesen Vorgang nennt man Stoffwechsel. Dabei unterscheidet der Organismus, welche Stoffe für ihn von Nutzen sind und welche nicht. Stoffe die nicht brauchbar sind, werden auf dem schnellsten Wege ausgeschieden.

Durch diese Verstoffwechselung entstehen Säuren. Produkte wie z.B. Weißmehl, Kaffee, Wurst, Fleisch, Fastfood, Süßigkeiten, Kuchen usw. werden im Körper sauer verstoffwechselt. Grundsätzlich ist es kein Problem für den Körper diese Produkte zu verarbeiten. Wären da nicht die anfallenden Säuren, die neutralisiert werden müssen, damit der Körper keinen Schaden nimmt.

Für diese Neutralisierung benötigt der Körper Basen.

Neutralisierung der Säuren

Überwiegen in der Ernährung die säurebildenden Lebensmittel, muss der Körper auf gespeicherte Mineralstoffe zurückgreifen. Das Problem sind also nicht die säurebildenden Lebensmittel, sondern der Mangel an basischen Lebensmitteln.

Auf eine Säure kommen etwa 4 Basen zur Neutralisation. Überwiegt der Anteil säurelastiger Nahrung,

muss der Körper somit Raubbau an eigenen Ressourcen begehen. Er holt sich, zur Neutralisierung der Säuren, Mineralstoffe aus den Knochen, Zähnen, Fingernägeln, Haarboden usw..

Brüchige Fingernägel, Karies, Bandscheibenleiden, Haarausfall und Ähnliches sind die Folge.

Hat der Körper nun alle Säuren neutralisiert, möchte er sie natürlich auch so schnell wie möglich loswerden. Dies geschieht über die Atmung, die Nieren, den Darm und die Haut. Aufgrund der ständigen Säuremengen, meist bedingt durch falsche Ernährung, sind die Ausscheidungsorgane überlastet. Darum werden diese Stoffe erst einmal im Körper zwischen gelagert, um sie bei nächster Gelegenheit auszuscheiden. Kommt diese Gelegenheit recht bald, so ist es kein Problem. Bleibt diese Gelegenheit aber aus, können diese Stoffe Schäden im Körper anrichten.

Folgeschäden

Die Stoffe werden im Bindegewebe zwischen gelagert. Doch diese Säuren lagern nicht nur dort, sondern stören, mit ihrer Anwesenheit, den normalen Ablauf. Sie entziehen z.b. den Knochen das Kalzium, oder Knorpel werden nicht mehr richtig versorgt. Die Folge ist eine Entzündung oder gar Abnutzung der Gelenke.

Weitere Folgen sind:

- Ablagerungen in Arterien (Bluthochdruck)
- Arthritis, Arthrose
- Gicht, Rheuma
- Muskelverspannungen und -krämpfe
- Antriebsschwäche und Leistungsminderung
- Schlafstörungen, Müdigkeit
- depressive Verstimmungen
- Gallen- oder Nierensteine
- Pilze aller Art, wie z.B. Fuß- oder Nagelpilz, Scheidenpilze und Hautpilze
- Allergien
- Migräne
- Verdauungsstörungen
- Osteoporose

Auch das Immunsystem ist betroffen. Unerwünschte Bakterien und Viren fühlen sich in dem sauren Milieu sehr wohl.

Das schwächt die Abwehr. Ihr Immunsystem kann nicht mehr richtig arbeiten. Entzündungen, ständige Erkältungen, Kopfschmerzen, Müdigkeit und ähnliches sind nun ihre Begleiter.

Übergewicht ist auch oft nur eine Folge der Übersäuerung. Dabei wird Wasser zurückgehalten, um Säuren zu neutralisieren - zu erkennen an Ödemen, die sich bilden. Ebenso vermehren sich die Fettzellen, um lebenswichtige Organe vor den Säuren zu schützen.

Änderung in Sicht

Vor 40 Jahren war Genuss noch ein Genuss. Fleisch gab es nur als Sonntagsbraten.

Süßigkeiten, Softdrinks und Alkohol waren die Ausnahme. Heute wird täglich zwischendurch oder auch abends, vor dem Fernseher, konsumiert, was das Herz begehrt. Damit ernähren wir uns zu sauer. Oft wird diese Nahrung auch nicht richtig gekaut, nur schnell heruntergeschluckt. Aber genau dieses Kauen ist sehr wichtig. Bereits der pH-Wert des Speichels liegt im neutralen bis leicht basischen Bereich. Beim Zerkleinern der Nahrung wird vermehrt Speichel gebildet. Bleibt dies aus, landet halbverdaute Nahrung im Magen, was zu Sodbrennen führen kann. Der Grund ist ganz einfach! Durch das schnelle Essen hatte der Magen keine Möglichkeit ausreichend Säure zu bilden. Durch den Mangel an Säure kann das Gegessene nicht weiter zerkleinert werden und es beginnt im Magen zu gären. Dadurch bildet sich eine organische Säure. Der Magen versucht nun, durch peristaltische Bewegungen, den Nahrungsbrei mit der wenigen Magensäure in Verbindung zu bringen. Dabei steigt dann die, durch Gärung entstandene organische Säure in die Speiseröhre und Sodbrennen ist die Folge.

Basische Ernährung im Alltag

Die basische Ernährung versorgt den Körper mit den Stoffen, die es ihm möglich machen, alle Bereiche des Organismus in den ihn ganz eigenen, lebenswichtigen, pH-Wert zu versetzen.

Mit der basischen Ernährung schaffen Sie ein gesundes Milieu, in dem sich nur Organismen aufhalten, die für die Gesundheit des Körpers von Vorteil sind. Schädliche Mikroorganismen haben in einem gesunden Körper keine Möglichkeit, die Führung im Körper zu übernehmen. Somit haben chronische Krankheiten und Ähnliches, keine Chance.

Mit der basischen Ernährung kann der Körper wieder lernen, auf ein Hungergefühl zu achten. Ist der Körper mit allen Nährstoffen bestens versorgt, bleibt auch der Heißhunger aus.

Es gibt für die basische Ernährung eine einfache Regel = 100% basisch. Dies erfordert sehr viel Disziplin und ist deshalb eine gute Möglichkeit, in einem überschaubaren Zeitraum, alle Vitamin- und Mineralstoffspeicher aufzufüllen.

Erst durch die Auffüllung der Speicher kann sich der Körper, von den zwischengelagerten Schlacken lösen. Würden wir vor dem Auffüllen bereits eine Entgiftung, nur mit entgiftenden Tee oder Ähnlichem durchführen, würden zu viele Giftstoffe freigesetzt, die der Körper, in der Menge, nicht verarbeiten kann – Ihnen ginge es noch schlechter, als zuvor.

Zur Lösung der Schlacken kann der Körper, während der basischen Ernährung, mit Kräuter-, Brennnessel,- oder Misteltee unterstützt werden. Aber auch ein Glas frisch gepresster Zitronensaft, mit Wasser verdünnt, ist förderlich für die Entgiftung. Genauso wichtig ist Bewegung an frischer Luft, um die Giftstoffe über die Atmung und Haut auszuleiten. Wannen- oder Fußbäder in Natronlauge, oder auch speziellen Basenbädern sind sehr förderlich. Ich empfehle, diese Kur 2mal jährlich, jeweils 2 - 3 Wochen, durchzuführen. Leckere, abwechslungsreiche Rezepte dazu, finden sie in diesem Buch.

frische Pfefferminze hilft beim Entgiften

Basenlieferanten (liefern Basen oder regen die körpereigene Basenbildung an)

- Gemüse
- Blattsalate
- Tomaten (sind nur roh basisch!)
- Pilze
- Sprossen
- Gewürze
- Obst
- Trockenfrüchte, wie Datteln und Feigen
- Kartoffeln
- Kräuter und Wildkräuter
- stilles Mineralwasser
- Kräutertee

- Erdmandeln
- Mandeln, Mandelmus
- Mandeldrink
- Kokosmilch (auf Zusatzstoffe achten!)
- Lupinenmehl (gut als Proteinshake)
- Kastanienmehl
- Apfelessig
- Konjaknudeln, Konjakreis.
- gekeimte Saaten z.B. Sonnenblumen- und Kürbiskerne, Sesam, Lein-und Hanfsamen und ähnliches (nur gekeimt sind Saaten basisch!)

Wie geht es nach der basischen Ernährung weiter?

Langfristig ist eine 80/20 Ernährung praktikabel, das heißt, 80% basische und 20% säurebildende Lebensmittel. Sie darf einen dauerhaften Platz in Ihrem Leben einnehmen. Durch ständig Versuchungen, z.B. Essen bei Freunden, der Kaffee im Büro, ab und zu ein Glas Wein und so weiter, kommt der Körper immer wieder mit Säuren, die er verarbeiten muss, in Kontakt. Das ist auch in Ordnung, wenn Sie sich ansonsten gesund ernähren und diese Sachen nur einen sehr geringen Anteil ausmachen. Achten Sie einfach im Tagesverlauf darauf, das sich ihre Ernährung zu 80% aus basenbildenden Nahrungsmitteln und Getränken zusammensetzt. Setzen Sie sich dabei keinem Stress aus (Stress bildet auch Säuren). Genießen Sie das Leben! Genießen Sie die Vielfalt der Nahrung. Entdecken Sie Lebensmittel, die Sie bisher gar nicht kannten. Suchen Sie für sich das Beste, Bekömmlichste und Leckerste heraus. So macht Ernährung Spaß und hält ganz nebenbei noch gesund.

Für eine basenüberschüssige Ernährung (80/20) kombinieren Sie das Essen mit:

Neutralen Lebensmitteln

- Bio-Butter
- Bio-Sahne
- Ghee
- Kaltgepresste Öle.

Guten Säurebildnern (diese bilden zwar Säuren im Körper, beinhalten aber lebenswichtige Stoffe, dass darauf nicht verzichtet werden kann)

- Bulgur, Couscous (beides aus Dinkel !)
- Hirse
- Linsen, Kichererbsen
- Quinoa, Amaranth, Buchweizen
- Nüsse
- Saaten z.B. Sonnenblumen- und Kürbiskerne, Sesam, Lein-und Hanfsamen und ähnliches
- Keimbrot
- Bio-Eier, Bio-Fisch (in Maßen).

Tipp: Keimen von Saaten = eine Saatsorte in ein Sieb geben, mit kaltem Wasser abspülen, in eine Schüssel einhängen. Täglich 3 - 4mal mit Wasser abspülen. Nach einigen Tagen keimt die Saat. Einige Sorten keimen bereits nach 24 Stunden, Andere benötigen 3 - 4 Tage.

Unbedingt meiden sollten Sie:

Lebensmittel, die viele Säuren bilden

- Fleisch (incl. Geflügel) und Wurst
- Fisch
- Fleischbrühe
- Zucker und alle Produkte die Zucker enthalten
- Süßwaren
- Nudeln
- Alkohol,

- Kaffee,
- Milch
- schwarzer Tee, Früchtetee
- Ketchup
- Senf
- Weißmehlprodukte
- Eier (konventionell)
- Weichkäse,
- Quark
- Fastfood ,Konserven
- und vieles Andere mehr.

In einer gesunden Ernährung sollten Obst, Gemüse, Sprossen Salate, Nüsse und Hülsenfrüchte einen festen Platz im Speiseplan haben. Viele Gemüsesorten sind auch roh gegessen eine genüssliche Bereicherung.

- Wenn Sie kochen, dann nur Vitaminschonendes garen, bei niedrigen Temperaturen.
- Essen Sie abends nicht nach 19.00. Da der Körper abends auf Sparflamme läuft, besteht die Gefahr, das Gemüse und Obst, im rohen Zustand gegessen, im Körper zu gären beginnt und Sie sich mit Blähungen quälen müssen. Besser ist, am Abend gedünstetes Gemüse - es wird schneller verdaut.

Denken Sie jetzt nicht an Verzicht, sondern freuen Sie sich auf die vielen, leckeren Köstlichkeiten. Gehen Sie mit offenen Augen durch die Obst - und Gemüseabteilung. Lassen Sie sich inspirieren. Überlegen Sie nicht lange, wie Sie ihre alten Rezepte umstellen können, sondern lassen Sie sich auf völlig Neues ein.

Sie werden sehen, das bringt Ihnen Freude.

So bunt und vielseitig wird Ihre Ernährung nun sein.

Sagen Sie „Ja" zu sich.

Frühstück, oder Schnelles für Zwischendurch

Knuspermüsli (für Vorratshaltung)

- 200 g gehackte Mandeln
- 200 g Erdmandeln
- 200 g Kokoschips
- 100 g Rosinen
- 100 g getrocknete Bananenscheiben

1. Gehackte Mandeln und Kokoschips, ohne Fett, bei geringer Hitze goldgelb in einer Pfanne rösten und anschließend abkühlen lassen.
2. Dies dann mit Erdmandeln, Rosinen und getrockneten Bananenscheiben mischen.
3. Alles in ein Vorratsglas füllen.
4. Zum Frühstück jeweils 2 Esslöffel Müsli in eine Schüssel geben, mit Obst und Mandeldrink genießen.

Himbeermark auf Chiapudding

- 2 EL Chiasamen
- 150 ml Mandeldrink
- 200 g Himbeeren
- 100 g Brombeeren
- 1 EL Mandelstifte

1. Die Chiasamen in ein verschließbares Gefäß geben, mit Mandeldrink aufgießen, umrühren und mit dem Deckel abdecken.
2. Dies nun in den Kühlschrank stellen und über Nacht quellen lassen.
3. Am nächsten Morgen die Himbeeren und Brombeeren unter Wasser abspülen.
4. Die Himbeeren in eine Schüssel geben und mit einer Gabel zerdrücken.
5. Nun den fertigen Chiapudding aus dem Kühlschrank nehmen.
6. Das Himbeermark auf den Pudding geben.
7. Obenauf die Brombeeren geben und mit den Mandelstiften garnieren.

Morgensonne

- 3 EL Erdmandeln
- 1 Msp Zimt
- 1 Msp Kurkuma
- 1 Prise Pfeffer
- 1 großen Apfel
- 2 Saftorangen

1. Die Orangen auspressen.
2. Die Erdmandeln mit dem Orangensaft erwärmen, die Gewürze dazugeben und bei geringer Hitze 5 Minuten quellen lassen
3. Den Apfel in mundgerechte Stücke schneiden und in eine Schüssel geben.
4. Die Erdmandeln zufügen und Alles gut vermengen.

Beeren Müsli

- ½ Tasse Blaubeeren
- 1 Tasse Erdbeeren
- 30 g Mandeln, gehackt
- 2 cm Stück Ingwer
- 20 g Leinsamen gekeimt
- 150 ml Mandeldrink

1. Beeren waschen, Erdbeeren zerkleinern.
2. Alle Zutaten in eine Schale geben, Mandeldrink darüber gießen und schmecken lassen.

Birne küsst Erdmandeln

- 2 Birnen
- 1 Msp. Vanillemark
- 1 Msp. Kurkuma
- 1 Prise Pfeffer
- 1 EL Erdmandeln
- 1 EL gekeimte Sesamkerne
- ca. ½ TL abgeriebene Zitronenschale

1. Die Birnen gründlich waschen, in grobe Stücke schneiden und mit etwas Wasser aufgießen.
2. Die Erdmandeln, Sesam, abgeriebene Zitronenschale und Gewürze dazugeben und bei niedriger Temperatur, etwa 7 Minuten dünsten.
3. Das Ganze warm oder kalt genießen.

Knackiges Müsli

- 2 Möhren
- 1 Apfel
- 2 EL Chiasamen
- 1 EL gekeimte Sonnenblumenkerne
- ½ TL Zimt
- 100 ml Mandeldrink

1. Chiasamen und etwas Mandeldrink vermischen und zum quellen 15 Minuten stehen lassen.
2. In der Zwischenzeit den Apfel schneiden, die Möhren raspeln und in die Schüssel geben.
3. Sonnenblumenkerne und Zimt dazu und vermengen.
4. Guten Appetit!

Mangocreme

- 1 reife Mango
- 150 g gehackte Mandeln
- 100 ml Kokosmilch
- 3 entsteinte Datteln
- 4 Blätter frische Minze

1. Die Mango von Schale und Kern befreien und das Fruchtfleisch mit dem Pürierstab oder einer Gabel zu einer breiigen Masse verarbeiten.
2. Die Mandeln, Datteln, Minzeblätter und Kokosmilch in einen Mixer geben und mixen.
3. Anschließend schichtweise in ein Glas füllen, 1 Stunde in den Kühlschrank stellen und dann genießen.

Muntermachermüsli

- 1 Banane
- 1 Apfel
- 2 Datteln
- 3 EL Knuspermüsli
- etwas Mandeldrink
- ¼ TL Kurkuma und 1 Prise Pfeffer

1. Die möglichst weiche Banane zerdrücken, in eine Schüssel geben.
2. Müsli und Mandeldrink dazu geben und einige Minuten quellen lassen.
3. Den Apfel schneiden und mit den Datteln zum Müsli geben.
4. Gewürze dazu geben und vermengen.

Warme Karotten (Art indisches Halva)

- 3 Karotten
- 1 EL Rosinen
- 1 EL gehackte Mandeln
- ½ TL Kardamom
- ¼ TL Kurkuma und eine Prise Pfeffer
- 3 Datteln
- 150 ml Kokosmilch

1. Die Karotten grob raspeln, in einen Topf geben und mit der Milch übergießen.
2. Nun die Datteln entkernen und sehr klein schneiden.
3. Ebenfalls in den Topf geben.
4. Gewürze, Mandeln und Rosinen untermischen und Alles bei geringer Hitze 10 Minuten dünsten lassen.
5. Sofort servieren.

Kiba trifft Lupine

- 1 Handvoll entsteinte Kirschen
- 2 EL Lupinenmehl
- 2 reife Bananen
- 1 EL gehackte Mandeln (oder gekeimte Sonnenblumenkerne)

1. Die sehr weichen Bananen von der Schale befreien.
2. Das Fruchtfleisch in eine Schüssel geben und mit einer Gabel breiig zerdrücken.
3. Das Lupinenmehl untermengen.
4. Nun die entsteinten Kirschen zufügen und mit den Mandeln bestreuen.

Grashüpfer

- 1 Orange
- 2 Kiwi
- 1 Banane
- 2 EL Chiasamen
- 2 EL gekeimte Hanfsaat
- 3 Minzeblätter

1. Orange, 1 Kiwi und die Banane von der Schale befreien, etwas zerkleinern, in ein hohes Gefäß geben und mit dem Pürierstab pürieren.
2. Alles in eine Schüssel geben.
3. Chiasamen, Hanfsaat und eine aufgeschnittene Kiwi dazu geben.
4. Mit Minzeblättern garnieren.

Bunter Obstteller

- 1 Scheibe Melone
- 1 Banane
- 4 Erdbeeren
- 1 Kiwi
- einige Blaubeeren

1. Alle Zutaten schälen und/oder zerkleinern und genießen.

Der bunte Obstteller kann mit allen Obstsorten der Saison, oder einfach nach Geschmack zusammengestellt und verändert werden.

Erdbeere trifft ins Grüne

- 100 g Erdbeeren
- 200 g Melone
- ½ Bund Rucola
- 1 EL gekeimte Sonnenblumenkerne
- Saft 1 Orange

1. Rucola waschen, in kleine Stücke zupfen und auf einem Teller anrichten.
2. Die Erdbeeren waschen, vierteln.
3. Die Melone von der Schale befreien und in kleine Stücke schneiden.
4. Das Obst auf dem Teller anrichten.
5. Mit Orangensaft überträufeln.
6. Die Sonnenblumenkerne obenauf geben.

Buchweizen Müsli

- 3 EL gekeimte Buchweizen
- 2 EL gekeimte Hanfsaat
- 1 Apfel
- 2 Aprikosen
- 100 ml Mandeldrink
- je eine Messerspitze Zimt und Kurkuma
- 1 Prise Pfeffer

1. Die 2 Tage gekeimte Buchweizen und Hanfsaat in eine Schüssel geben und mit Mandeldrink übergießen.
2. Den Apfel und die Aprikosen waschen, die Kerne entfernen.
3. Das Obst in Mundgerechte Stücke zerkleinern und ebenfalls in die Schüssel geben.
4. Mit Zimt und Kurkuma und Pfeffer abschmecken.

Sauer macht lustig

- 1 Chicorée
- 1 Banane
- ½ Zitrone
- 1 Orange
- 1 EL gekeimte Sonnenblumenkerne
- 100 ml Mandeldrink

1. Chicorée in Streifen schneiden.
2. Die Banane und die Orange schälen und in mundgerechte Stücke teilen.
3. Alles in eine Schüssel und den Zitronensaft darüber träufeln.
4. Mit Mandeldrink übergießen und mit den Sonnenblumenkernen garnieren.

Leckerer Fruchtaufstrich

Vielleicht steht Ihnen morgens lieber der Sinn nach einem frischen basischen Keimbrot (Reformhaus) mit Fruchtaufstrich? Dann ist dieser Rezeptvorschlag genau richtig und er kann beliebig abgewandelt werden.

- 1 Pfd. Erdbeeren (oder anderes Obst)
- 3 Datteln

1. Die Erdbeeren waschen, die Blüte entfernen.
2. Die Datteln entsteinen.
3. Alles in den Mixer geben, kurz mixen.
4. In ein Glas füllen und verschließen.
5. Dieser frische, leckere Aufstrich ist etwa eine Woche im Kühlschrank haltbar.

Warmes für Topf und Pfanne

Kohlrabi Bratlinge

- 2 Kohlrabi
- 2 Kartoffeln
- 1 Zwiebel
- 2 EL Mandelmehl
- 1 Handvoll Kerbel
- 5 EL gekeimte Sesamkerne
- Pfeffer, Salz
- Muskat
- Kokosöl

1. Kohlrabi und Kartoffeln schälen und raspeln. Anschließend mit Küchenpapier die Flüssigkeit gut ausdrücken.
2. Die Zwiebel schälen und in kleine Stücke schneiden.
3. Zwiebel in heißem Öl goldgelb andünsten.
4. Die geraspelten Kohlrabi und Kartoffeln in einer Schüssel, mit Zwiebel, Kerbel, Gewürzen und Mandelmehl gut vermengen.
5. Nun die Bratlinge formen, in den Sesamkernen wälzen und im erhitzten Öl braten.
6. Vorsichtig wenden, damit sie nicht zerfallen.
7. Pur ein Genuss, kann aber auch zu Kartoffelsalat, Feldsalat oder anderen Salaten gereicht werden.

Bunter Kartoffelsalat

- 250 g Babykartoffeln
- ½ Bd. Rucola
- 4 Cocktailtomaten
- 2 bunte Paprika
- 1 große Zwiebel
- ½ Bd. Petersilie

Dressing:

- 2 EL Zitronensaft
- ½ TL Salz
- 1 EL Leinöl
- schwarzen Pfeffer nach Bedarf

1. Die Kartoffeln mit Schale gut waschen und kochen (bissfest).
2. In der Zwischenzeit die Zutaten für das Dressing in einer Schüssel verrühren und mit etwas Wasser aufgießen.
3. Die Zwiebel und Paprika in Würfel schneiden, die Tomaten vierteln und Alles zum Dressing geben.
4. Die abgekühlten Kartoffeln vierteln, in die Schüssel mit dem Dressing geben und alles gut vermengen.
5. Etwa 1 Stunde im Kühlschrank ziehen lassen.
6. Vor dem Servieren den gewaschenen Rucola und die gezupfte Petersilie untermengen.

Bunte Gemüsepfanne

- 1 Stange Lauch
- 1 kleiner Sellerie
- 2 bunte Paprika
- 2 Karotten
- 1 Kohlrabi
- 150 g Champignons
- 1 Zwiebel
- frische Kräuter (Basilikum, Dill, Petersilie, Estragon)
- Kokosöl
- 1 EL Gewürzmischung für Wokgemüse

1. Das Gemüse waschen, Kohlrabi und Sellerie schälen und mit dem anderen Gemüse in Würfel oder Stifte schneiden.
2. Die Zwiebel in Würfel schneiden, in einer Pfanne, mit dem heißen Öl goldgelb anbraten.
3. Das Gemüse nacheinander dazugeben und alles unter Rühren kurz andünsten.
4. Kräuter nach Wahl und die Gewürzmischung für Wokgemüse darüber streuen, mit wenig Wasser ablöschen, umrühren, abschmecken und zugedeckt ca. 10 -15 Minuten bei leichter Hitze garen.

Bohnen - Kartoffelpfanne

- 200 g Kartoffeln
- 200 g grüne Bohnen
- 1 Zwiebel
- 1 Zweig Thymian
- 2 Zweige Bohnenkraut
- 1 Zweig Koriander
- 1 EL Kokosöl
- Salz, Pfeffer

1. Die Kartoffeln waschen und in Salzwasser ca. 20 Minuten bissfest garen.
2. Inzwischen die Bohnen waschen, putzen, in mundgerechte Stücke schneiden und in kochendem Salzwasser ca. 5 Minuten dünsten.
3. Die Zwiebel schälen und in Ringe schneiden.
4. Die Kräuter waschen und trocknen.
5. Die Bohnen herausnehmen, kalt abschrecken und abtropfen lassen.
6. Sind die Kartoffeln fertig, dann abgießen, abkühlen lassen und anschließend in dickere Scheiben schneiden.
7. Kokosöl in einer Pfanne erhitzen, die Kartoffeln darin 5 Minuten goldgelb braten. Mit Salz und Pfeffer würzen.
8. Die Bohnen und Zwiebelringe dazugeben und mit Koriander, Thymian- und Bohnenkrautzweigen 8 - 10 Minuten weiter braten.
9. Zum Schluss Alles nochmals mit Salz und Pfeffer abschmecken.
10. Nach Bedarf und Geschmack kann ein Dip dazu gereicht werden.

Buntes Gemüse an Konjaknudeln

- 1 Paprika
- 1 Zwiebel
- 1 Handvoll Erbsenschoten
- 1 TL Curry
- 1 TL Wok Gewürz
- Pfeffer, Salz
- 1 Handvoll Kresse
- 1 Packung Konjaknudeln
- 1 EL Kokosöl

1. Erbsenschoten waschen und trocknen. Paprika waschen und in mundgerechte Stücke schneiden.
2. Kokosöl in der Pfanne erhitzen.
3. Die Zwiebel schälen, in kleine Würfel schneiden und in das heiße Öl geben.
4. In der Zwischenzeit die Nudeln abspülen und in die Pfanne geben.
5. Paprika und Schoten zufügen, mit Curry bestäuben und mit den anderen Gewürzen abschmecken. Alles etwa 5 Minuten garen lassen.
6. Auf Tellern anrichten und mit Kresse garnieren.

Paprika - Kartoffelgulasch

- 5 rohe Kartoffeln, in kleine Würfel geschnitten
- 2 Paprikaschoten, in Stücke geschnitten
- 2 mittelgroße Zwiebeln, gewürfelt
- 2 EL Kokosöl
- 400 ml Wasser
- 2 Stängel frisch, oder 1TL getrockneter Majoran
- ½ Bund Petersilie
- ½ TL Salz

1. Das Öl in einer großen Pfanne, bei mittlerer Temperatur, erhitzen.
2. Die Zwiebeln in dem Öl einige Minuten glasig dünsten.
3. Wasser, Kartoffeln und Paprika hinzugeben und bedeckt etwa 15 Minuten kochen, bis die Kartoffeln weich sind.
4. Majoran, Petersilie und Salz dazu geben, abschmecken und servieren.

Grünkohl

- 500 g Grünkohl
- 2 EL Kokosöl
- 1 Apfel
- 1 Zwiebel
- ½ Liter Wasser
- 1 TL Gemüsebrühe (hefefrei)
- ½ TL Salz
- Pfeffer
- Muskatnuss

1. Die Zwiebel hacken und im Öl glasig dünsten.
2. Den Grünkohl waschen, von den Rippen befreien und fein schneiden.
3. In den Topf geben, mit etwa ½ Liter Wasser auffüllen und die Gemüsebrühe dazugeben.
4. Den Kohl zugedeckt ca. 30 Minuten bei mittlerer Hitze köcheln lassen.
5. Den Apfel schälen, würfeln und zugeben.
6. Weitere 10 Minuten köcheln lassen.
7. Mit Salz, Pfeffer und Muskat kräftig würzen und abschmecken.
8. Dazu passen Salzkartoffeln.

Ofen Champignons

- 6 Riesenchampignons
- 1 Knoblauchzehe
- 2 Lauchzwiebeln
- 1 rote Paprikaschote
- ½ Bund Petersilie
- 1 EL Kokosöl
- 1 Prise Salz, etwas Pfeffer

1. Von den Riesenchampignons die Stiele entfernen.
2. Die gehackte Knoblauchzehe, geschnittene Lauchzwiebeln und Paprika, zusammen mit den Champignonstielen, in Öl andünsten.
3. Alles salzen, pfeffern und die Champignonköpfe damit füllen.
4. Die Köpfe auf ein Bachblech legen und im vorgeheizten Ofen ca.15 Minuten, bei 150°C, garen.
5. Mit gehackter Petersilie bestreut servieren.

Zucchini - Kartoffel Auflauf

- 3 große Kartoffeln
- 2 Zucchini
- 1 Knoblauchzehe
- 1 Zwiebel
- etwas Pfeffer, Salz
- ½ TL Kreuzkümmel
- ½ TL Curry
- Kokosöl
- 100 ml Kokosmilch

1. Kartoffeln schälen, Zucchini waschen und Beides in dünne Scheiben schneiden.
2. Zwiebel und Knoblauch schälen und sehr klein schneiden.
3. In einer Pfanne mit heißem Öl andünsten.
4. Kartoffeln und Zucchini in eine, mit Öl ausgepinselte, kleine Auflaufform dachziegelartig schichten.
5. Mit Pfeffer, Salz, Kreuzkümmel und Curry würzen.
6. Zwiebel, Knoblauch und die Kokosmilch darüber geben.
7. Für 25 Minuten in den vorgeheizten Backofen geben und bei 180°C garen lassen.

Weißkohlpfanne

- 1 kleinen Weißkohl
- 2 Zwiebeln
- ½ TL Kümmel
- ½ TL Kreuzkümmel
- ½ TL Kurkuma
- ½ TL Koriander
- ½ TL Paprikapulver
- Salz, Pfeffer
- Kokosöl

1. Den Weißkohl putzen, den Strunk entfernen, in Streifen schneiden.
2. Die Zwiebeln unter Rühren andünsten und den geschnittenen Kohl dazugeben.
3. Alle Gewürze drüberstreuen, mit etwas Wasser auffüllen und zugedeckt ca. 30 Minuten garen.

Ofengemüse

- 1 Aubergine,
- 1 Zucchini
- 2 festkochende Kartoffeln
- je 1 rote und gelbe Paprikaschote
- 1 Gemüsezwiebel
- 2 Knoblauchzehen
- 2 Zweige Rosmarin
- 1 EL Kokosöl
- ½ Bund Schnittlauch
- Salz, Pfeffer

1. Den Backofen auf 160°C vorheizen. Zucchini und Aubergine waschen.
2. Die Paprikaschoten halbieren, entkernen und waschen.
3. Das Gemüse anschließend in mundgerechte Stücke schneiden.
4. Die Kartoffeln schälen und in Würfel schneiden.
5. Zwiebel und Knoblauch schälen. Die Zwiebel in schmale Spalten schneiden.
6. Den Knoblauch fein hacken. Rosmarin waschen und trocknen.
7. Gemüse, Kartoffeln, Zwiebel und Knoblauch in eine, mit Öl ausgepinselte Auflaufform, geben.
8. Mit Salz und Pfeffer würzen.
9. Die Rosmarinzweige darauf geben und die Form in den vorgeheizten Backofen stellen (Mitte, Umluft 150 °C) ca. 40 Minuten garen.
10. Die Rosmarinzweige entfernen, geschnittenes Schnittlauch darüber streuen und sofort servieren.

Reispfanne

- 100g frischer Brokkoli, in Röschen zerteilt
- ½ Tasse frische Erbsen
- 1 kleine Zucchini, in Stückchen geschnitten
- 1 Stange Lauch, in feine Scheiben geschnitten
- 1 Knoblauchzehe, gepresst
- 2 EL frische Petersilie, klein gehackt
- 100 g Konjakreis
- ½ Liter hefefreie Gemüsebrühe
- ½ Tasse Wasser
- 1 EL Kokosöl
- Salz und Pfeffer

1. Das Öl in einer Pfanne erhitzen, dann das Lauch sowie den Knoblauch solange anbraten bis das Lauch bissfest ist - gelegentlichen umrühren.
2. Die Zucchini hinzugeben und Alles weitere 5 Minuten dünsten.
3. Brokkoli und Erbsen hinzufügen.
4. Den Konjakreis dazugeben und mit Gemüsebrühe und Wasser auffüllen.
5. Würzen und abschmecken und 5 Minuten weiter garen.
6. Am Schluss Petersilie unterheben und servieren.

Champignon - Spinatpfanne

- 250 g Champignon
- 1 Zwiebel
- 400 g Spinat
- ½ Bund Petersilie
- Pfeffer, Salz, Muskat
- Kokosöl

1. Die Zwiebel schälen, schneiden und im heißen Öl kurz andünsten.
2. Die Pilze in Scheiben schneiden.
3. Den Spinat waschen und mit den Pilzen in die Pfanne geben.
4. Etwa 5 Minuten garen lassen, kurz vor Schluss die Petersilie dazugeben, würzen und genießen.

Scharfe Paprikapfanne

- 2 rote + 1 gelbe Paprika, in Streifen
- 1 Gemüsezwiebel, in feine Streifen
- 1 Chilischote, geschnitten
- etwas frischen Meerrettichabrieb
- 1 Knoblauchzehe
- 2 EL Kokosöl
- ¼ Liter hefefreie Gemüsebrühe
- Jeweils 1 EL getrocknete Kräuter der Provence und Oregano
- ½ Bund frische Petersilie, gehackt
- Salz und Pfeffer
- Garam Masala nach Geschmack

1. In einer Pfanne das Öl erhitzen und Zwiebeln, Chilischote und Paprikastücke bei mittlerer Hitze kurz anbraten, dabei immer wieder umrühren.
2. Geschnittenen Knoblauch hinzugeben, umrühren, und die Gemüsebrühe in die Pfanne geben.
3. Mit den Kräutern, Meerrettich und der Petersilie würzen, sowie mit etwas Salz, Pfeffer und Masala abschmecken.
4. Alles in der geschlossenen Pfanne ca. 15 Minuten garen.

Nudeln und Tomatensoße

- 200 g Konjaknudeln
- 1 rote Paprika
- 1 Stange Porree
- 4 rohe Tomaten
- 4 luftgetrocknete Tomaten
- Basilikum, Oregano nach Belieben
- Kokosöl

1. Paprika und Porree in kleine Stückchen schneiden, im heißen Öl anbraten und auf mittlerer Hitze 15 min garen lassen.
2. Die Nudeln nach Packungsanleitung zubereiten.
3. Nun die Tomaten stückig schneiden.
4. Die Pfanne vom Herd nehmen. Paprika, Porree und die rohen Tomaten in ein hohes Gefäß geben.
5. Basilikum und Oregano dazu geben und Alles pürieren. Mit den Nudeln anrichten.

Wirsing – Kartoffelpfanne

- 1 kleinen Wirsingkohl
- 1 rote Paprika
- 1 Karotte
- 2 Kartoffeln
- 1 Zwiebel
- 1 Knoblauchzehe
- 2 Stängel Liebstöckel
- 1 Stängel Majoran
- Gemüsebrühe, Kreuzkümmel, Kurkuma
- Kokosöl

1. Den Wirsing vierteln, Strunk entfernen und die Blätter in schmale Streifen schneiden.
2. Salzwasser zum Kochen bringen und den Wirsing für 3 Minuten blanchieren.
3. Zwiebel in Würfel schneiden, Knoblauch klein schneiden und mit den, ebenfalls in Würfel geschnittenen, Kartoffeln, Möhren und Paprika in einer großen Pfanne anbraten.
4. Mit etwas Wasser ablöschen, Deckel darauf, 5 Minuten dämpfen.
5. Wirsing dazugeben, 1 gehäufter Teelöffel Gemüsebrühe und nach Geschmack mit Kreuzkümmel und Kurkuma würzen.
6. Liebstöckel und Majoran dazugeben und umrühren.
7. Weitere 25 Minuten garen lassen.
8. Zwischendurch immer wieder wenden.

Blumenkohlcurry

- 1 mittleren Blumenkohl
- 2 Tomaten
- 1 Knoblauchzehe
- 2 Frühlingszwiebeln
- 2 cm Ingwer
- 1 EL Kokosöl
- 250 ml Wasser
- 1 kleine Dose Kokosmilch
- ½ TL Kreuzkümmel
- ½ TL Koriander
- 1 TL Kurkuma
- ½ Chilischote
- Salz, Pfeffer

1. Blumenkohl in Röschen teilen, Tomaten und Zwiebeln in Würfel schneiden, Knoblauch, Chili und Ingwer hacken.
2. Öl in der Pfanne erhitzen und Gemüse hineingeben.
3. Gewürze darüber und mit Wasser ablöschen.
4. 20 min bei mittlerer Hitze kochen und anschließend die Kokosmilch dazugeben.
5. Nochmal kurz aufkochen, abschmecken und servieren.

Lauwarmer Kartoffelsalat mit Pfifferlingen

- 300 g Kartoffeln
- 150 g Pfifferlinge
- 1 Zwiebel
- 1 EL Kokosöl
- ½ Bund Schnittlauch
- ¼ l hefefreie Gemüsebrühe
- 2 EL Zitronensaft (frisch gepresst)
- 1 EL Leinöl
- Pfeffer. Salz

1. Kartoffeln mit Schale garen und anschließend abgießen.
2. Pfifferlinge putzen, Zwiebeln schälen und würfeln.
3. Öl erhitzen, Pfifferlinge und Zwiebeln darin andünsten.
4. Schnittlauch in Röllchen schneiden.
5. Brühe kurz aufkochen und mit den Gewürzen, Leinöl und Zitronensaft abschmecken.
6. Kartoffeln mit Schale in Scheiben schneiden und in die warme Brühe geben.
7. Pfifferlinge, Zwiebeln und Schnittlauch untermengen und servieren.

Schnelle Porree – Zucchinipfanne

- 1 Stange Porree
- 1 Zucchini
- 1 Zwiebel
- 1 Knoblauchzehe
- ½ TL Muskat
- 1 EL Kokosöl
- Pfeffer, Salz
- 2 Stängel Heiligenkraut

1. Zwiebel und Knoblauch schälen und schneiden.
2. Porree und Zucchini waschen und stückig schneiden.
3. Kokosöl erhitzen, Zwiebel und Knoblauch darin leicht andünsten.
4. Das Gemüse mit dem Heiligenkraut dazu geben.
5. Etwa 10 min garen lassen.
6. Salzen, pfeffern, mit Muskat abschmecken und servieren.

Selleriestampf mit Möhren

- 1 kleiner Knollensellerie
- 2 Möhren
- 2 Schalotten
- 1 TL Kokosöl
- ca. 150 ml Kokosmilch
- Muskat, Salz, Pfeffer

1. Den Sellerie und die Möhren schälen und anschließend in kleine Stücke schneiden.
2. In einem Topf mit Wasser legen und bei mittlerer Temperatur weich garen.
3. In der Zwischenzeit die Schalotten von der Schale befreien, stückig schneiden und im Öl glasig anbraten und beiseite stellen.
4. Sind der Sellerie und die Möhren weich gekocht, dann das Wasser abgießen.
5. Mit einem Stampfer, das Gemüse stampfen. Dabei langsam die Kokosmilch untermengen.
6. Die Schalotten zufügen und mit den Gewürzen abschmecken.

Tipp: Passt hervorragend zu allen Arten Gemüse, oder zu Kohlrabi Bratlingen.

Champignons im Gemüsebeet

- 150 g Champignons braun
- 150 g Champignons weiß
- 1 Zwiebel fein gehackt
- 1 Knoblauchzehe fein gehackt
- 1 große Karotte
- 1 Zucchini
- 100 ml Kokosmilch
- 1 EL Kokosöl
- ½ Bund Petersilie oder Kresse
- Salz und Pfeffer

1. Champignons putzen und halbieren.
2. Zucchini und Karotte putzen und mit einem Julienneschneider in Streifen ziehen.
3. Öl in einer Pfanne erhitzen, Knoblauch und Zwiebel kurz darin anschwitzen, die Pilze zugeben und ca. 10 Minuten bei mittlerer Hitze garen.
4. Kokosmilch einrühren, Petersilie dazugeben und Alles mit Salz und Pfeffer abschmecken.
5. Öl in einer zweiten Pfanne erhitzen und die Gemüsestreifen ca. 10 Minuten bei mittlerer Hitze darin garen. Das Gemüse sollte etwas „Biss" behalten.
6. Mit Salz und Pfeffer würzen.
7. Gemüse mit einer Gabel nestförmig auf Teller geben und die Pilze in der Mitte anrichten.

Babykartoffeln mit Mangold

- 300 g Babykartoffeln
- 2 Stängel Rosmarin
- 5 Stängel Mangold
- 1 Zwiebel
- 3 EL Kokosmilch
- 3 cm Ingwer
- Abrieb einer Zitrone
- Salz, Pfeffer, Muskat
- Curry, Paprikapulver
- 2 EL Kokosöl

1. Kartoffeln waschen, abtrocknen und halbieren oder vierteln (je nach Größe).
2. In den vorgeheizten Backofen legen, Rosmarin darüber verteilen und bei 160°C, etwa 30 Minuten garen lassen. Nach Ende der Garzeit salzen nach Geschmack.
3. In der Zwischenzeit den Mangold waschen, Stiele und Blätter in kleine Stücke schneiden.
4. Die Zwiebel und den Ingwer in kleine Stückchen schneiden.
5. Kokosöl in der Pfanne erhitzen, Zwiebel und Ingwer hinein und glasig andünsten.
6. Mangold dazu geben und etwa 3 Minuten bissfest garen. Mit den Gewürzen und Zitronenabrieb abschmecken.
7. Kurz vor Ende der Garzeit die Kokosmilch angießen, kurz mitkochen lassen und mit den, nun fertigen Kartoffeln servieren.

Gebratener Fenchel

- 1 große Fenchelknolle
- 3 Tomaten
- 1 Zwiebel
- ½ Chilischote
- 2 cm Ingwer
- 1 Knoblauchzehe
- 1 EL Kokosöl

1. Zwiebel, Ingwer und Knoblauchzehe schälen und in kleine Stückchen schneiden.
2. Fenchel und Chili schneiden.
3. Zwiebel, Ingwer und Knoblauch im heißen Öl leicht andünsten, Fenchel und die Chilischote dazugeben.
4. 10 Minuten garen lassen.
5. Die Pfanne vom Herd nehmen und die zwischenzeitlich geschnittenen Tomatenstückchen unterheben und sofort servieren.

Gemüse im Mantel

- 8 Blätter vom Wirsingkohl
- 4 Kartoffeln
- 1 Paprika
- 1 mittlere Zwiebel
- 150 g Champignons
- 2 EL Kokosöl
- etwas Kokosmilch
- 6 Stängel Petersilie
- Salz, Pfeffer
- 1 TL Kümmelpulver

1. Die Kartoffeln schälen, stückig schneiden und etwa 20 min kochen, bis sie weich sind.
2. In der Zwischenzeit die Wirsingkohlblätter in heißem Salzwasser blanchieren.
3. Zwiebel, Paprika und Champignons stückig schneiden.
4. In einer Pfanne das Öl erhitzen, die Zwiebeln andünsten.
5. Paprika dazugeben und zum Schluss die Champignons. Alles 3 Minuten garen lassen und mit Salz, Pfeffer und Kümmel abschmecken.
6. Die inzwischen garen Kartoffeln, zusammen mit der Kokosmilch zu einem Brei stampfen.
7. Gezupfte Petersilie und das Gemüse aus der Pfanne untermengen.
8. 4 Klößchen formen und mit jeweils 2 Wirsingblättern umwickeln.
9. Mit kleinen Holzstäbchen verschließen.
10. In eine, mit etwas Kokosöl gefettete, Auflaufform legen und im vorgeheizten Backofen bei 160° C etwa 30 min garen lassen.

Goldball Rübchen mit Peperoni

- 400 g Goldball Rübchen
- 2 EL Kokosöl
- 1 Gemüsezwiebel
- 1 Knoblauchzehe
- 6 Peperoni
- 1 Handvoll Thymianblättchen
- Pfeffer, Salz

1. Die Goldball Rübchen waschen und in Scheiben schneiden.
2. Die Zwiebel und die Knoblauchzehe schälen und schneiden.
3. Das Öl erhitzen, Zwiebel, Knoblauch und die Rübchen hineingeben.
4. Nach etwa 7 Minuten die Peperoni dazugeben (wer es scharf mag, lässt die Peperoni ganz, ansonsten entkernen).
5. Mit Thymian, Pfeffer und Salz abschmecken und servieren.

Köstliches für Suppenkasper

Kartoffelsuppe mit Gemüse

- 400 g festkochende Kartoffeln
- 2 Karotten
- 2 Zwiebeln
- 1 Stange Lauch
- 1 kleiner Sellerie
- 1 Bund Petersilie
- 2 Stängel Liebstöckel
- 1 EL Kokosöl
- 1 Liter hefefreie Gemüsebrühe

1. Kartoffeln, Sellerie und Zwiebeln schälen und würfeln, Lauch und Karotten in kleine Stückchen schneiden.
2. Die Zwiebeln im Topf mit Öl anbraten.
3. Das andere Gemüse dazugeben und Alles 2 Minuten anbraten lassen.
4. Mit Gemüsebrühe ablöschen, Liebstöckel dazu und etwa 20 Minuten garen (nicht zu weich kochen).
5. Gehackte Petersilie untermengen und servieren.

Grünkohleintopf

- 1 Liter hefefreie Gemüsebrühe
- 400 g Grünkohl
- 2 mittlere Kartoffeln
- 1 Zwiebel
- 2 Tomaten
- 1 Knoblauchzehe
- 2 EL Olivenöl
- 2 EL Zitronensaft
- 2 TL frischer Thymian
- Salz, Pfeffer
- Muskat

1. Zwiebel und Knoblauch schälen.
2. Die Zwiebel in Ringe und den Knoblauch in feine Würfel schneiden.
3. Den Grünkohl waschen, putzen und in Streifen schneiden.
4. Das Olivenöl in einem Topf erhitzen, Zwiebel und Knoblauch darin glasig dünsten.
5. Den Grünkohl dazugeben und 1 - 2 Minuten mitdünsten.
6. Die Gemüsebrühe dazu, mit Salz und Pfeffer würzen und zugedeckt 30 Minuten köcheln lassen.
7. Inzwischen die Kartoffeln schälen und in Würfel schneiden.
8. Die Stielansätze der Tomaten entfernen.
9. Die Tomaten vierteln, entkernen und in Streifen schneiden.
10. Die Kartoffelwürfel zum Grünkohl geben und ca. 20 Minuten mit garen.
11. Die Tomatenstreifen dazugeben (nicht mitkochen).
12. Den Eintopf mit Muskat, Thymian und Zitronensaft abschmecken, anrichten und servieren.

Paprikasuppe

- 5 Paprika, rot, gelb, orange
- 1 Zwiebel
- 1 EL Kokosöl
- ½ Liter hefefreie Gemüsebrühe
- 1 kleine Dose Kokosmilch
- Salz, Pfeffer,
- Chili
- ½ Bund Petersilie
- Saft und Abrieb einer Bio-Zitrone
- Schnittlauchröllchen zum Garnieren

1. Paprika putzen und würfeln.
2. Zwiebel schälen, würfeln und im Öl glasig dünsten.
3. Paprikawürfel zufügen, kurz anbraten, mit Gemüsebrühe auffüllen und bei mittlerer Hitze ca. 5 Minuten köcheln.
4. Vom Herd nehmen.
5. Kokosmilch, Zitronenabrieb und -saft zufügen und fein pürieren.
6. Mit Salz, Pfeffer, Petersilie und Chili abschmecken.
7. Mit Schnittlauchröllchen garnieren - fertig.

Bohneneintopf

- 400 g Buschbohnen
- 150 g Kartoffeln
- 1 große Zwiebel
- 1 EL Kokosöl
- Salz, Pfeffer
- 4 Stängel Bohnenkraut
- 2 Stängel Liebstöckel
- 2 Stängel Oregano

1. Zwiebel in kleine Würfel schneiden und im Öl anbraten.
2. Dann die geschnittenen Bohnen, das Bohnenkraut, Liebstöckel, Oregano sowie die geschälten und in Würfel geschnittenen Kartoffeln dazu, mit Wasser aufgießen, bis das Ganze bedeckt ist und etwas 30 Minuten köcheln lassen, bis Alles gar ist.
3. Bei Bedarf noch etwas Wasser aufgießen.
4. Zum Schluss mit Pfeffer und Salz abschmecken.

Mangold - Kokos - Suppe

- 500 g Mangold
- 600 ml hefefreie Gemüsebrühe
- 200 ml Kokosmilch
- 2 Zwiebeln
- 2 Knoblauchzehen
- 1 TL Kurkuma
- 1 TL Currypulver
- 1 Chilischote
- Salz, Cayennepfeffer
- 1 EL Kokosöl

1. Mangold waschen und putzen.
2. Die Stiele klein schneiden und die Blätter in mundgerechte Stücke schneiden.
3. Zwiebeln, Knoblauch und Chili fein schneiden.
4. Kokosöl im Topf erhitzen. Zwiebeln, Chili, Knoblauch und die geschnittenen Mangoldstiele hineingeben.
5. Gemüse mit der Brühe ablöschen und etwa 10 Minuten bei mittlerer Hitze köcheln lassen.
6. Nun die Mangoldblätter dazu geben und mit Kokosmilch und den Gewürzen abschmecken.
7. Noch etwa 10 Minuten weiter köcheln lassen und servieren.

Möhrensuppe mit Jaipur Curry

- 500 g Möhren
- 1 Zwiebel
- 4 Kartoffeln
- 1 Liter Brühe (hefefrei)
- 200 ml Kokosmilch
- ½ TL Kräutersalz
- 1 TL Jaipur Curry
- ½ TL Zimt
- ½ Bund Petersilie
- je 3 Stängel Dill und Liebstöckel
- Kokosöl

1. Zwiebel, Möhren, Kartoffeln schälen und stückig schneiden.
2. Das Öl im Topf erhitzen, Zwiebel dazu und goldgelb andünsten.
3. Möhren und Kartoffeln ebenfalls in den Topf geben und kurz andünsten.
4. Mit Brühe ablöschen. Etwa 20 Minuten köcheln lassen.
5. Kurz vor Schluss Petersilie, Liebstöckel und Dill hineingeben und mit den Gewürzen abschmecken.

Knackige Salate

Reissalat mit Gemüse

- 40 g Konjakreis
- 2 EL Apfelessig
- 1 EL Zitronensaft
- bunter Pfeffer
- Salz
- 1 TL Leinöl
- 1 rote Paprika (bei Saison im Tausch = 4 Stangen grüner Spargel)
- 1 Schalotte
- 5 Champignons
- 2 EL feingehackte Kräutermischung
- Sprossen nach Belieben

1. Den Reis nach Packungsanleitung zubereiten und nach Geschmack salzen.
2. Anschließend abkühlen lassen.
3. Eine Salatsauce rühren aus Apfelessig, Zitrone, Gewürzen und Öl.
4. Paprika waschen, in kleine Stücke schneiden und mit der feingewürfelten Schalotte und dem Reis in die Sauce geben und ziehen lassen.
5. Die Champignons in Scheiben schneiden und mit den Kräutern unter den Salat geben.
6. Abschließend mit Sprossen bestreuen.

Knackig bunter Brokkoli Salat

- 200 g Brokkoli
- 1 Möhre
- 1 Apfel
- 1 Zwiebel
- 1 Paprika
- 4 Stängel Petersilie
- 3 EL Leinöl
- 2 EL Zitronensaft
- Pfeffer, Salz

1. Den Brokkoli in Röschen teilen und in kochenden Salzwasser kurz blanchieren.
2. In der Zwischenzeit, Möhre, Apfel, Zwiebel und Paprika in mundgerechte Stücke schneiden und in eine Schüssel geben.
3. Petersilie zupfen und dazugeben.
4. Das Dressing aus Öl, Zitronensaft, Pfeffer und Salz zubereiten und ebenfalls in die Schüssel geben.
5. Den abgekühlten Brokkoli dazu.
6. Alles gut vermengen und 1 Stunde im Kühlschrank ziehen lassen.

Chinakohlsalat

- 1 kleiner Chinakohl
- 1 kleiner Rettich
- 2 Möhren
- 1 Zwiebel
- 1 Apfel
- 1 Ingwer (5cm)
- 1 Essl. Salz
- ½ Tel. Kurkuma
- ½ Tel. Koriander
- 200 ml Apfelessig
- 100 ml Wasser
- 100 ml Leinöl

1. Kohl fein schneiden, ebenso die Zwiebel und den Ingwer.
2. Die anderen Zutaten grob raspeln.
3. Alles in eine große Schüssel geben, würzen, mit den Flüssigkeiten aufgießen und gut vermengen.
4. In einem geschlossenen Gefäß 3 Tage im Kühlschrank ruhen lassen.

Champignon-Salat

- 500 g frische Champignons, geputzt
- 2 EL Leinöl
- 2 EL frische Kräuter nach Wahl, gehackt
- 1 EL Zitronensaft
- je 1 Prise Salz und Pfeffer

1. Champignons in dünne Scheiben schneiden.
2. Leinöl, Zitrone, Salz und Pfeffer zu einer Salatsoße verrühren.
3. Die Champignons vorsichtig mit der Salatsoße vermischen.
4. Salat mit Kräutern bestreuen.

Erfrischender Gurken-Radieschen Salat

- 1 Salatgurke
- 1 Zwiebel
- 5 Radieschen
- 3 Stängel Dill
- 2 EL Apfelessig
- 2 EL Leinöl
- Salz und Pfeffer

1. Die Zwiebel schälen und in Würfel schneiden.
2. Das Gemüse waschen, schneiden und zusammen mit der Zwiebel in eine Schüssel geben.
3. Aus Essig, Öl, Salz und Pfeffer ein Dressing bereiten und gut mit dem Gemüse vermengen.
4. Gezupften Dill dazugeben.
5. Etwa eine Stunde im Kühlschrank ziehen lassen.

Frühlingssalat

- 1 Romana-Salatherz
- 5 Kirschtomaten
- 1 rote Paprika
- ½ Bund Frühlingszwiebeln
- frische Basilikumblätter

Dressing

- Saft aus einer Zitrone
- Saft aus 1 Orange
- Jeweils einen halben Teelöffel frischen, zerkleinerten Oregano, Basilikum, Thymian und Rosmarin
- 3 Teelöffel Wasser

1. Den Salat waschen und in Stücke zupfen.
2. Die Kirschtomaten halbieren, die Paprika in dünne Streifen und die Frühlingszwiebeln in feine Ringe schneiden.
3. Alles in eine große Salatschüssel geben.
4. Nun das Dressing zubereiten und über den Salat gießen.
5. Alles gut miteinander vermischen, eventuell mit Pfeffer und Salz abschmecken.
6. Zum Schluss die frischen Basilikumblätter über den Salat streuen.

Himmlischer Selleriesalat

- 300 g Knollensellerie
- 1 Apfel
- 2 Scheiben frische Ananas
- 1 Handvoll Cranberrys
- Saft 1 Zitrone
- 300 ml Kokosmilch
- 50 g Mandelstifte

1. Sellerie schälen und grob raspeln, ebenso den Apfel raspeln.
2. Beides in eine Schüssel geben und mit Zitronensaft mischen.
3. Die Ananasscheiben in kleine Stücke schneiden und mit den Cranberrys, der Kokosmilch und den Mandelstiften in die Schüssel geben und vermengen.

Blumenkohlsalat

- ½ Blumenkohl
- ¼ Eisbergsalat
- 2 Stangen Frühlingszwiebeln
- 1 EL Leinöl
- 1 TL Zitronensaft
- Salz und Pfeffer, 1 Handvoll frische Petersilie

1. Blumenkohl in Röschen brechen und bissfest kochen. Abtropfen und abkühlen lassen.
2. Frühlingszwiebeln in Stücke schneiden.
3. Für das Dressing, das Öl mit dem Zitronensaft, Salz und Pfeffer vermischen.
4. Nun den Blumenkohl und die Zwiebeln in eine große Salatschüssel geben, das Dressing hinzugeben und alles gut miteinander vermengen.
5. In den Kühlschrank stellen und für etwa 1 Stunde gut ziehen lassen.
6. In der Zwischenzeit den Eisbergsalat waschen und in dünne Streifen schneiden.
7. Den Blumenkohl aus dem Kühlschrank nehmen, den Eisbergsalat und die frische, gehackte Petersilie hinzugeben.
8. Nochmals alles gut miteinander vermischen, gegebenenfalls nachwürzen.

Bunter Salat

- 300 g grüne Bohnen
- 150 g Tomaten
- 2 Schalotten
- 100 g Champignons

Dressing

- 3 EL Wasser
- 2 TL Zitronensaft
- 2 EL Leinöl
- Kräuter nach Belieben
- Pfeffer und Salz nach Bedarf

1. Die Bohnen waschen, schneiden und in Salzwasser bissfest garen.
2. In der Zwischenzeit die Tomaten, Schalotten und Champignons in Stücke schneiden.
3. Für das Dressing alle Zutaten vermengen und mit dem Gemüse anrichten.

Rote Beete Carpaccio

- 300 g Rote Beete
- 1 Gemüsezwiebel
- 1 Apfel
- Saft 1 Zitrone
- 3 EL Leinöl
- Pfeffer, Salz, Kümmel
- 1 EL Mandelmus
- etwas Wasser

1. Die rote Beete schälen und mit einem Hobel in feine Scheiben schneiden.
2. Die Zwiebel und den Apfel schälen und in Ringe und Spalten schneiden.
3. Das Dressing aus Zitrone, Öl, Gewürzen, Mandelmus und Wasser verrühren.
4. Alles miteinander vermengen, etwa 1 Stunde durchziehen lassen und servieren.

Kartoffel – Bataviasalat

- 200 g Kartoffeln
- 200 g Bataviasalat
- 2 Schalotten
- 200 ml hefefreie Gemüsebrühe
- 1 EL Zitronensaft
- 2 EL Leinöl

1. Kartoffeln ca. 20 Minuten gar kochen.
2. In der Zwischenzeit den Salat waschen, putzen und auf Tellern anrichten.
3. Schalotten schälen, halbieren und in feine Ringe schneiden.
4. Kartoffeln abgießen, kalt abschrecken und in Scheiben schneiden.
5. Kartoffeln und Schalotten mischen.
6. Die Gemüsebrühe kurz aufkochen und noch warm über die Kartoffeln gießen.
7. Ca. 20 Minuten ziehen lassen.
8. Zitronensaft und Öl verquirlen und über die, nun erkalteten, Kartoffeln geben.
9. Alles nach Bedarf mit Salz und Pfeffer abschmecken.
10. Die Kartoffeln und Schalotten auf dem Feldsalatbett anrichten.

Goji - Feldsalat

- 100 g Feldsalat
- 6 Cocktailtomaten
- 2 Frühlingszwiebeln
- 2 EL getrocknete Goji-Beeren
- 2 EL Leinöl
- Saft von einer kleinen Zitrone
- etwas Kräutersalz und Pfeffer, Dill

1. Die Früchte knapp mit Wasser bedecken und einweichen.
2. Feldsalat waschen, Tomaten in Würfel schneiden und Beides mit den eingeweichten Früchten in einer Schüssel mischen und anrichten.
3. Das Einweichwasser stehen lassen und mit Öl, Kräutersalz, Pfeffer und Dill abschmecken und über den Salat geben.

Rotkraut – Orangen – Salat

- ½ oder 1 kleiner Rotkohl
- 1 Orange
- 1 cm Ingwerwurzel
- 4 EL Leinöl
- Saft von einer kleinen Zitrone
- Kräutersalz, Pfeffer
- Mandelblättchen nach Bedarf

1. Rotkohl putzen, waschen und in feine Streifen hobeln.
2. 5 Minuten in kochendem Wasser blanchieren.
3. Rotkohl abgießen und auskühlen lassen.
4. Die Orange filetieren, die Ingwerwurzel schälen und fein hacken.
5. Ingwer, Leinöl, Zitronensaft, Kräutersalz und Pfeffer zu einer Marinade verrühren.
6. Rotkohl, Orangenfilets und die Mandelblättchen untermischen und vor dem Servieren 10 Minuten durchziehen lassen.

Kichererbsen Salat

- Handvoll Kichererbsen
- 1 Frühlingszwiebel
- 1 Knoblauchzehe
- ½ Bund Petersilie
- 2 Tomaten
- 1 gelbe Paprika
- Saft 1 Zitrone
- 2 EL Leinöl
- Salz, Pfeffer
- ¼ TL Kurkuma
- ¼ TL Kreuzkümmel
- frischer Koriander nach Geschmack

1. Kichererbsen 3 Tage keimen lassen.
2. Am 4. Tag die Kichererbsen 10 Minuten in Wasser kochen und anschließend abkühlen lassen.
3. Zwiebel, Knoblauch, Paprika, Tomaten und Petersilie schneiden und in eine Schüssel mit den Erbsen geben.
4. Aus Zitrone, Leinöl und den Gewürzen ein Dressing herstellen, über den Salat geben und 2 Stunden im Kühlschrank ziehen lassen.

Avocado an Salat

- 4 Blätter Bataviasalat
- ½ Bund Rucola
- ½ Mango
- ½ kleine Ananas
- 1 Avocado
- Saft ½ Zitrone
- Salz, Pfeffer

1. Salat, Rucola und Ananas in mundgerechte Stücke zerkleinern.
2. Die Mango schälen und würfeln.
3. Avocado aufschneiden und das Fruchtfleisch heraus nehmen.
4. Mango und Avocado in ein hohes Gefäß geben und mit dem Pürierstab pürieren.
5. Mit Zitronensaft, Salz und Pfeffer abschmecken und mit Ananas, Rucola und Salat anrichten.

Raffiniertes mit und ohne Dip

Rote Beete Dip

- 300 g Rote Beete
- 2 EL frisch geriebenen Meerrettich
- 1 EL Zitronensaft
- 1 EL Leinöl
- ½ TL Kümmel
- ½ TL Koriander
- 5 Stängel Schnittlauch
- 2 Stängel Dill
- Salz, Pfeffer

1. Rote Beete schälen (am Besten Einweghandschuhe anziehen) und stückig schneiden.
2. In einen Topf mit Wasser legen und etwa 10 min kochen, bis die Stücken weich sind.
3. Anschließend Wasser abgießen.
4. Die rote Beete nun mit einem Stampfer zu einem Brei verarbeiten.
5. Schnittlauch und Dill hacken. Meerrettich reiben.
6. Zitronensaft, Leinöl, Meerrettich, Gewürze und Kräutern untermengen und abschmecken.
7. Mindestens 2 Stunden im Kühlschrank ziehen lassen.

Gurkenschiffchen

- 1 Salatgurke
- 1 EL Mandelmus
- ½ Bund Schnittlauch
- 4 Stängel Petersilie
- 30 g gehackte Mandeln
- Saft ½ Zitrone
- Salz nach Belieben

1. Die Gurke längs teilen. Mit einem Löffel die Kerne entfernen und in ein hohes Gefäß geben.
2. Schnittlauch und Petersilie waschen und hacken.
3. Alle Zutaten in das hohe Gefäß mit den Gurkenkernen geben und mit dem Pürierstab pürieren.
4. Dann mit einem Löffel, die nun cremige Masse, in die Gurkenhälften füllen.
5. In Portionsgrößen schneiden und genießen.

Süßkartoffelsticks mit Dip

- ½ Tasse gekeimte Sonnenblumenkerne
- ½ Gurke
- Pfeffer, Salz
- 1 Knoblauchzehe
- 1 Zitrone
- ca. 100 ml Wasser
- 2 rohe Süßkartoffeln

1. Sonnenblumenkerne mit Wasser bedecken und 2 Tage keimen lassen.
2. Zitrone auspressen. Knoblauch schälen.
3. Gurke von den Kernen befreien und etwas klein schneiden
4. Sonnenblumenkerne, Gurke, Zitronensaft, Knoblauch und Gewürze in den Mixer geben.
5. Wasser dazugeben und mixen
6. Abschmecken und eventuell nachwürzen.
7. Süßkartoffeln schälen, in Sticks schneiden und mit dem Dip genießen.

Gebratene Auberginenscheiben

- 1 Aubergine
- 1 Gemüsezwiebel
- 3 EL Erdmandelmehl
- 2 EL Kokosöl
- ½ TL Paprika
- ½ TL Curry

1. Die Zwiebel schälen und in Ringe schneiden.
2. Die Aubergine waschen und in 1 cm dicke Scheiben schneiden.
3. Alle Scheiben beidseitig mit Paprika und Curry kräftig würzen.
4. Das Erdmandelmehl auf einen Teller geben und die Auberginenscheiben darin von beiden Seiten panieren.
5. In einer Pfanne das Öl erhitzen und die Zwiebelringe kross anbraten.
6. Die Zwiebelringe an den Rand der Pfanne schieben und in der Mitte die Auberginenscheiben, bei mittlerer Temperatur, etwa 2 Minuten braten.

Tipp: Pur ein Genuss, aber auch lecker, mit einem Dip nach Wahl.

Austernpilze mit Avocado-Dip

- 1 Avocado
- ½ Zitrone
- Leinöl optional
- 4 Radieschen
- Salz, Pfeffer
- Schnittlauch
- Sprossen nach Belieben
- 300 g Austernpilze (oder andere Pilze)

1. Radieschen und Pilze in Scheiben schneiden.
2. Die Avocado von Schale und Kern befreien und das Fruchtfleisch mit der Gabel in eine homogene Masse verwandeln.
3. Den Avocado Dip mit Zitronensaft, Leinöl, Salz und Pfeffer abschmecken.
4. Alles gut vermischen und als Spiegel auf einen Teller geben.
5. Die Pilze und Radieschen darauf geben und mit Sprossen und Schnittlauch garnieren.

Aubergine-Basilikum Dip

- 1 Aubergine
- 1 Frühlingszwiebel
- 1 Knoblauchzehe
- 4 Stängel Basilikum
- 1 kleine Chilischote
- Pfeffer, Salz

1. Aubergine waschen, halbieren und bei 170°C im vorgeheizten Backofen, etwa 30 Minuten garen lassen, bis sie weich sind.
2. In der Zwischenzeit die Frühlingszwiebel waschen und schneiden.
3. Die Knoblauchzehe pressen, Basilikum waschen, zupfen und klein schneiden. Ebenso die Chilischote.
4. Alles in eine Schüssel geben.
5. Die Auberginen aus dem Backofen nehmen und abkühlen lassen.
6. Anschließend die Schale entfernen, das Kerngehäuse, mit einem Teelöffel, herauslösen.
7. Nun die Aubergine mit einer Gabel breiig zerkleinern und mit den Zutaten in der Schüssel vermengen.
8. Mit Pfeffer und Salz abschmecken.

Tipp: Schmeckt lecker als Brotaufstrich (basisches Keimbrot) oder als Dip zum Gemüse.

Avocado-Kresse-Dip

- 1 reife Avocado
- 150 g Kresse
- 2 Frühlingszwiebeln
- etwas Zitronensaft
- Salz, Pfeffer

1. Die Avocado aufschneiden und mit einem Löffel das Fruchtfleisch herausnehmen.
2. Kresse zupfen und die Frühlingszwiebeln in kleine Stücke schneiden.
3. Alles in einer Schüssel vermengen mit Salz, Pfeffer und Zitrone abschmecken.

Tipp: Wunderbar als Dip für Selleriestangen, Kohlrabisticks, Möhren- oder Paprikastreifen.

Süßkartoffeltoast

- 1 Süßkartoffel

1. Süßkartoffel schälen, in höchstens 1 cm dicke Scheiben schneiden und in den Toaster geben. Bei mittlerer Einstellung etwa 2 min toasten lassen.
2. Darauf können Bananenscheiben, Avocado, oder ein beliebiger Dip als Aufstrich genossen werden.

Literaturnachweise

S.Silbernagel, A.Despopoulos; Taschenatlas Physiologie; Georg Thieme Verlag KG; 2007, 7.Auflage; S.138

Dr. Peter Jentschura, Josef Lohkämper; Gesundheit durch Entschlackung; Verlag P.Jentschura; 1998,19. Auflage 2013; S.50

Dr. Hermann Geesing; Enzyme; Herbig Verlagsbuchhandlung GmbH München; 4.Auflage 1990

Zentrum der Gesundheit; Ausbildung Fachberater für holistische Gesundheit (2015)

www.gesundheits-lexikon.com (März 2016)

www.tyent-europe.com; Säuren und Basen im Körper.pdf (Februar 2016)

http://littlebitsof.com/2016/05/breakfast-sweet-potat-oats/ (Juli 2016)

Rechtliche Hinweise

Die Ratschläge und Rezepte in diesem Buch sind von der Autorin sorgfältig geprüft. Dennoch kann keine Garantie übernommen werden. Bei bestehenden Erkrankungen kann das Buch nicht den Besuch eines Arztes oder Heilpraktikers ersetzen. Eine Haftung der Autorin bzw. des Verlages ist für Personen-Sach-und Vermögensschäden ausgeschlossen.